句集

微風

谷渡粋

朔出版

序

句集『微風』には、全体を貫いて通る軸が二本、とはすなわち、大きな句の群れが二つある。ひとつは「土地交わり」の句、いまひとつは「手織り」の句である。「土地交わり」をさらに「田作り・畑作り」と「能登の地」とに分けるなら、三つの貌があると言ってもいい。

たとえば、句集冒頭と巻末に置かれている二句をそれぞれ一組にして取り出した上で、順序を逆にして並べると、どんな印象になるか。

筬音の二拍子春の遠からじ
あめつちの陰翳翔ける大白鳥
手織機春立つ音の伝はり来
舟小屋の内へ日射しや雁北へ

たとえ入替えようと、まったく違和感のないくらい似かよった二句一対、それらが、冒頭と巻末で相呼応しているのが鮮明に見えてくる。一方にみずからの全身をもってする手織り、いま一方にはその上空を往還する渡り鳥。もし、これら一対を並置することに意図があるのならば、自分の志向と嗜好とを熟知している、と思って納得がゆく。偶然であるならば、作り手の心のありようが思いがけず露わになっていると思えて、微笑ましくもある。
右四句のうちの二句は、もっぱら筬《おさ》や機の音を捉えようとするけれど、「手織り」というなら、現場を知らない者にとってはまず、さまざまな織物の種類が眼にとまる。

冬温し手艶の色の紬機
縫ひあげし上布を肩に藍香る
身に入むや筬音軋る木綿織
冬はじめ丹波木綿の試し織
能登上布五月の風を透かし織る
蚊絣を織るに根つめ花満開
秋めくや指染めて織る藍木綿
寒を織る一《ト》筬ごとに柄合せ

織る糸の種類に眼を遣るなら、次のような句が抜き出せる。

二日はやよろづ屋に買ふ小町糸

ほどきにくき麻糸の夏来たりけり
紺さやか筬に梳かるる上布糸
雪の窓絡まり易き絹の糸
染糸に残る藍の香露けしや

それぞれの織物や糸の質感ないし手触りに通じているなら、共感しつつ現場を追体験しうるに違いない。たとえそうでなくとも、機織りの場において多様な仕事が四季を通して行なわれているのは、皮膚で実感できるはずである。「田作り・畑作り」へと眼を移すなら、作業の種類はさておき、作業に没頭している身体感覚、およびその感覚が捉えるものへと眼が向かずにいない。作業そのものは一般的であるのにひきかえ、五感が捉えるのはその人一個のものであり、他人と取り換えられないからだ。

大田植その夜の足の火照るかな
薙ぎ倒す夏草の香の青し青し
数へては担ぐ稲束日の匂ひ

豆叩く膝に地べたの温みかな
春耕や陽射しを背《ナ》に胸座に
麦刈の温みをつけて戻りたり
噛むほどに甘き日の香や今年米

「能登の地」に眼を向けるさいにはむろん、同じ土地を棲み処とする生き物の句をも並べるべきだろう。

奥能登に高き山なし天の川
どぶろくを仕込む石動山の水
島晴れの能登はやさしよ冬籠

「塩田に百日筋目つけ通し　澤木欣一」

塩田に残る筋目や初氷
ましら茸熊の爪痕深き樹に
万緑の胎内ゆけり獣径
能登時雨いつもどこかが晴れてをり

ぼた海苔を炙れば能登の巖の香
小鳥の声明るし空家ふえゆく地
削ぎ取つて猪の毛皮の五頭身

ただいま稼働を中止しているとはいえ、常に眼にはいってこずにいない原子力発電所もまた、逃れがたく能登の風景の一部となっているので、外すことはできない。

原子炉の真下夜釣の影動く
原発の空Vの字に大白鳥
色変へぬ松原子炉の見え隠れ
原子炉の黙鷹鳩と化すみ空
原発再稼働差止め訴訟
花は葉に原告団の手弁当

ここに大白鳥の句が現れるのにちなみつつ、白鳥の句を並べるなら、

まぐはひの声空に吐く大白鳥
一行の日誌白鳥来しことを
大白鳥水の器に啼き交す

などがあるけれど、これらはすべて、

八雲わけ大白鳥の行方かな　　澤木欣一

を想いつつ作られていると思って、ほぼ間違いはあるまい。すなわち、自分を俳句と深く結びつけた先達への、いつわりなく篤い思いの現れである。
このことを背景にして、さらに視野を広げるならば、「手織り」はごくしぜんに細見綾子といういま一人の先達につながる、と考えて、けっして的外れではないであろう。

冬来れば母の手織の紺深し　　細見綾子
木綿縞着たる単純初日受く

こうした視点から振り返るならば、冒頭で行なった二句一対の二組の入替えは、ただ単にそれらの間にのみ通用する話であることが明らかになる。
あの二句、「筬音の二拍子春の遠からじ」「あめつちの陰翳翔ける大白鳥」は、まさしく句集一巻の掉尾という置かれるべき場所、動かしえない場所に位置させられているのである。このことはいかに強調しても、しすぎることではあるまい。二人の先達に対する心からの「献辞」として、当の場所に置かれるべく定められているに違いないのだから。

檜山哲彦

二〇二三年二月

句集　微風　目次

句集　微風

華やぐ色

風　大風小風　昭和五十三年—平成十四年

手織機春立つ音の伝はり来

舟小屋の内へ日射しや雁北へ

野火放つきのふ白鳥去りし田に

ビートルズ聴く受験子の眉険し

輪島　興禅寺　市堀玉宗さん

玉宗の作務衣の色の猫柳

中空を虫出しの雷一度きり

大家族たり啓蟄の五目飯

減反の割当て届くさくら餅

雪解の田や減反の杭を打ち

俵茱萸禄剛崎の風に熟れ

泥運ぶ燕雀は藁運び

藁買ひの太声桃の三分咲き

山藤や陰田ばかりの新開地

しだれ櫻身籠るころの瑞々し

手に触るるものあたたかし筬も杼も

かなろんご読む子蛙の目かり時

花は葉に能登鉄道のひとり旅

緑立つ島に孔雀の放し飼ひ

山の湯に早苗饗の衆朝より来

沼田植足抜くごとに苗傾ぎ

日は海に百ほど植わる千枚田

大田植その夜の足の火照るかな

織機の梅雨の湿りや蠟を塗り

葉を辷る螢に螢飛んで来し

縞蛇や畔越ゆるとき首を立て

紙魚走る十三銭の借用書

揚舟に海女が乳乾す暑さかな

皮むかれ蝮わが身にからみつく

片蔭に猫の眼のみどりなる

空蟬や松立ち枯れの机島

かはたれを鎌音鈍き青田刈り

薙ぎ倒す夏草の香の青し青し

谷間ひを虫送る火の蛇行せり

原子炉の真下夜釣の影動く

田廻りの腰の高さに稲の花

奥能登に高き山なし天の川

伊賀上野　北村保さん

大豆畑の風や電動車椅子

煎餅に蟻のむらがり敗戦日

盆料理畑に穫れたるものばかり

能登演劇堂　無名塾「マクベス」

野分晴村人こぞりエキストラ

数へては担ぐ稲束日の匂ひ

分校の明りをもらひ稲掛ける

月の出や稲架掛け終る長梯子

今年藁しごけば茎のまだあをく

草虱つけて汽車待つ能登をんな

豆叩く膝に地べたの温みかな

紅葉山ふたつに分けていで湯町
どぶろくを仕込む石動山の水

ましら茸熊の爪痕深き樹に

新月やほたほたに煮る尾花蛸

越中の古米買ひや雁の頃

釣瓶落し葬りのものを田に燃やし

臨月の声さやかなり里帰り

冬を織る華やぐ色を緯糸に

山の湯の捨て場に夜ごと狸かな

山山神の渡り来る夜根深汁

しぐるるや犬もてあます熊の骨

冬温し手艶の色の紬機

夫若し妻は幼し冬櫻

檜山哲彦さん

控へ目なしはぶきゲーテ読み始む

奥能登あへのこと祭　二句

田の神を見舞ふ二合のにごり酒

冬萌の畦田の神の手を取りて

干柿に甘味噴き出る十二月

牡蠣小屋の灯り一番列車過ぐ

牡蠣割女立てば匂へる貼り薬

鏡凪足で操る海鼠舟

海鼠突く銛の跳ね潮顔に浴び

島晴れの能登はやさしよ冬籠

「塩田に百日筋目つけ通し　澤木欣一」

塩田に残る筋目や初氷

翌檜の磨き丸太の冬構へ

去年の釘伸ばして使ふ雪囲ひ

白鳥の湖冬耕の鍬洗ふ

熊撃つや熊の脂を顔に塗り

雪昏れの庇重なる杭の音

このあたり大根を掘る雪二尺

上の橋下の橋雪捨て場かな

二日はやよろづ屋に買ふ小町糸

大寒の湯を滾らせて母の部屋

薬湯の匂ひ三寒四温かな

寒明くる壜の猿酒底を尽き

紺さやか

万象　平成十四年—令和四年

芽吹かんとみ空に軋む大欅
土の春鍬の柄鎌の柄新しく

春耕や陽射しを背《ナ》に胸座に

峡の春時計回りに耕耘機

鶏鳴や出荷の水菜振り洗ひ

雉子啼く島に裏道表道

ひねもすをまことたのしく囀りぬ

春雷の一喝厚き百年史

らふそく屋花冷えの炎を掻き立たせ

恋猫の濡れて湯気立つふぐりかな

風を嗅ぐ水を嗅ぐ蛇穴を出て

その朝の鏡に見入る卒業子

卒業生一人に拍手なりやまず

闇ふつとふくらみ澱み春の地震

てふてふやどこかに鎌を置き忘れ

母の忌の近しうぐひす庭に来る

朝風やしだれ櫻にある重さ

轆轤場をねぐらに猫の親子連れ

鮮しき声や燕は妻を連れ

神杉に絡む大藤伐ると言ふ

猫あそぶ小手毬の花垂るる弧に
ほどきにくき麻糸の夏来たりけり

縫ひあげし上布を肩に藍香る

庭の石持ち上げ鳴くよ蟾蜍

原発再稼働差止め訴訟

花は葉に原告団の手弁当

日翳るに牡丹は彩をすぼめたり

かはたれや植田うぐひす色をして
女手に草刈る棚田水の音

二股の棒切れ蝮生け捕りに

夏雲や道より低き塩煮小屋

麦刈の温みをつけて戻りたり

草の色ほのかに発し蛇の衣

百幹に百のかんばせ今年竹

万緑の胎内ゆけり獣径

梅漬ける週の始めを清潔に
昼寝覚め夢の続きを声にして

川挟み螢合戦たけなはぞ
無住寺の明滅平家螢かな

麻酔より醒めたり夏至の日の夕べ

美しきものよ水無月の葉つぱ

志田弘子さん　二句

風鈴の止めば目を遣る友禅師

友禅の筆百本の涼しさよ

初蟬や瞳の大き嫁とゐて

黙禱の項にへばりつく暑さ

能登空港開港

一番機飛ぶ七夕の雨を分け

草原の音色を二胡に星祭

草虱ぶかぶかもんぺの前うしろ

抱擁にちやうど良き丈萩括る

あまりにも軽き柩や萩の庭

二タ七日供花の鶏頭種散らす

唄はれよおわら踊りの更けるまで

天の川氾濫域に村二つ

昼告げにくる脱穀の耳元へ
夕づくや刈田のにほひ村包み

コスモスやかの一級田減反に
禽獣の山真つ先に紅葉す

紺さやか筬に梳かるる上布糸

色鳥来収穫決算書二通

田仕舞や野生の糞を蹴散らして
木の実降るばかり津波の避難場所

身に入むや筬音軋る木綿織

夕月へ突つ込んでゆく雁の列

猪捌く雪の河原に火を太く

猪の腑分け鴉を追つ払ひ

しろがねの月夜山河を音の闇

水底の水身じろがず冬に入る

どつと冬来て裏山の閑かなり
乗換のホームしばしの横しぐれ

山姥の喰ひ残したり冬苺

冬あたたか一本調子の機の音

収穫祭山羊の乳売る農高生

一番星焚火の跡に石を伏せ

風が雨雨が雷呼ぶ能登の冬

風呂の火を落す狐の啼く夜さり

能登時雨いつもどこかが晴れてをり

神棚の小餅ころげる鰤起し

狐火の噺などもし通夜更くる

千鳥ちどり川と海との境かな

若潮へ鬼面太鼓の大一打

太郎月母となる娘をあづかりぬ

人日や母のにほひの作務衣着て
白鳥の翼のきしみ夕空に

生牡蠣を啜る獣の貌となり

寒の入母ことさらに耳敏く

雪の窓絡まり易き絹の糸

原発の空Vの字に大白鳥

織りさしの機に四温の影遊ぶ

豆撒や芸妓の朱き身八つ口

明日の彩

犀　平成十五年—平成二十一年

二《ン》月の音小流れの底にあり

春田打立山の風海越えて

ぼた海苔を炙れば能登の巖の香

弥生朔日仏壇の母へ水

出入口なき中天に囀れり

風吹けば藤の吐息の烟るかな

山椒の芽獣目覚めて風起す
蒼穹を真つ逆さまに恋の鳥

蝌蚪生るるJAZZの音符をそのままに
単線の音見失ふ花菜畑

時計屋に雨宿りしてさくら餅

産土のまはり蛙の大家族

色を脱ぐ櫻は風に軽きこと
花の駅暮るれば汐の香の騒ぐ

待ちわびる子ら豆飯の炊きあがる

万緑に押されて沖を見てゐたり

音の無き雨に落ち着く植田かな

滴りの草色となり紐となり

初孫　中山美夢

薙刀の構へ涼しき十五歳

草取の田水重たし草重し

筬打つや旱の音が板の間に
なにもなき机の上の涼しさよ

朝顔に明日の彩の蕾かな

筬音の正しく秋の日の移る

菅笠を目深に踊り上手かな

ねかせたり立てたり香るくわりんの実

色変へぬ松原子炉の見え隠れ

切干に汐の色香や間垣村

冬はじめ丹波木綿の試し織

奈良漬の一切れに酔ふ針供養

男湯の凧女湯の団子花

けもの道糞も落葉も地に還し

猟人の一発に山鎮まりぬ

雪起し机の中の冥さかな

越中と背中合せに山眠る

大寒の海むらさきに暮れゆけり

三寒を摑みて響む坐り機

目の端に雪降りやまず機を織る

星の夜に

りいの　平成二十一年―平成二十七年

光より影いきいきと春動く

鍬の春土を切るとも起すとも

有耶無耶に穴を出る蛇をさな貌

耕人の棒立ちに日の傾きぬ

木から木へ風を銜へて春の禽

手織機に屈折の音西行忌

風ぐせの松や帰雁の弓なりに
瞑目を解く春光に息深く

竹林を出てさへづりの展けたり

春星や天使足からまつすぐに

原子炉の黙鷹鳩と化すみ空

春の闇手繰れば生き物のにほひ

木の芽時朝の空気に髪を梳く
紙ヒコーキ飛べ囀りの高さまで

さくら冷え声を綺麗に訪ね来し
能登上布五月の風を透かし織る

瀧音に太るや太郎次郎杉

夢の母いつも単衣を着てゐたり

汗流る躰の谷間てふところ
衣食住足りてくの字に昼寝かな

夏雲に名前をつけて岬の子

炎天や曲って歩く犬と猫

片蔭に極楽の風集ふかな

夕立後の畑毛物のにほひせる

仲良しの膝や手花火終るまで
さはやかに一本となる水の音

水の空ついとやんまの引き返す

立秋や水の欠片に空の色

採血の腕差し出す原爆忌

秋暑し大黒柱に昼の影

銀漢や三十六峰寝堕ちたり

裏に翳表に影や桐一葉

島の秋風に痩せたるほまち畑

糸取りや色なき風に膝そろへ

ものの怪の山満月に鎮もりぬ

潮汐や帰燕のあとの日本海

水の香に風の香に穂の孕みたり

闇八方眼を見ひらいてゐる案山子

風静かなるや小鳥のあふるるに

小鳥来る会津木綿を洗ひ張り

蛇穴に入るや地の影引き摺りて

小鳥の声明るし空家ふえゆく地

染糸に残る藍の香露けしや
色鳥来百日の嬰まるく抱き

露けさを少し眠いと逝き給ふ
噛むほどに甘き日の香や今年米

色変へぬ松や都の通り雨

欣一忌選りて五合の新小豆

水底に水の声する神無月

黄落や水音昏れて風となり

跳ぶ駈ける転げる枯葉風まかせ

使ひ古しの杼の飴色に小六月

筬引けばうしろの正面寒々と
神々の集まる真夜や風凍つる

裸木をつつみ獣の臭ひかな

湯たんぽや矢来の風に目の冴えて

首筋を這ふ星屑の寒さかな

まぐはひの声空に吐く大白鳥

潮鳴りが窓にとびつく牡蠣打ち場

猟銃の音波走る山の湖

亡骸とひとつ灯りの根深汁
風花の空の真中を鳥の道

四五六七八九十雁の棹

星浴びて力まかせに除夜の鐘

どんど衆総湯に声を溢れさせ

産み月の眉の薄きよ冬帽子

持つための黒手袋となりにけり

星の夜に生まれし氷柱星の色

水の器に

りいの　平成二十八年―令和四年

立春の響き清らに手織機

雲の影濃いもうすいも雪解かな

春泥や牛の尿の湯気まみれ

いつまでも泣いてゐる子に紙風船

天辺をがうがうと風樹々の春

木の芽風ひよこの函の底に穴

万葉の海模糊として針魚舟

花冷えを二列に看護実習生

蚊絣を織るに根つめ花満開

いらんかいね瞳の青いこの仔猫

かはたれの水の香硬し代搔田

草ゆらぐくちなはに声なかりけり

夏草の風の甘きに山羊嘻《わら》ふ

梅捥ぎに来て縁談をひとしきり

あめつちを塗りつぶしたり五月闇

枝を咬み青大将の脱衣かな

夕焼の影ばらばらに研修生

人逝くや蟬は朝より声繫ぐ

低頭を解き夏雲の行方かな

機織の踝冷ゆる青葡萄

蟬や蟬屍はなべて仰向きぞ

山鳩のよく鳴く土用太郎かな

切傷に三年ものの蝮酒
寝る前を星とおしやべりして涼む

地に着いて影裏返る桐一葉

暮れ残る山かなかなかなの交響す

神杉の直線に聴く秋の風

卵かけご飯八月十五日

秋めくや指染めて織る藍木綿

案山子より色の褪せたる野良着かな

月光に眼とがらせ鳥けもの
筬重し二百十日のざんざ降り

天然の風遊びをり大花野

稲架解くに男結びを鎌で断ち

稲穂より株の重たし晩稲刈り

山の田の行き来に仰ぐ栗の毬

狐雨柚子の脚立をそのままに
小豆選る弓手の窪に転がして

山鳴りの岩場に足搔く手負ひ猪
削ぎ取つて猪の毛皮の五頭身

指先の影を織りこみ初時雨

海の色濃き日総出の雪囲ひ

峡の日に冬耕しを続けけり

わらわらと落葉のあとを追ふ落葉

人の死に立ち会ふ霜の強き朝

亡骸を二《タ》夜見守る障子の間

冬座敷遺影を選ぶ姉妹

斎場を後にするとき冬の虹

七曜にめり張りをつけ冬籠
ゆるびなき空に弧を描く蒼鷹

天狼や闇に甘ゆる猫のこゑ
わき道にはがね色なり兎罠

裸木の無骨なるころ蒼穹に
笹鳴や燃え残る梢搔きをれば

雪晴の小路を満たし機の音

木から木へ星の雫や除夜詣

一行の日誌白鳥来しことを

能登線に乗り込んで来るあまめはぎ

掌に享けて寒露の水のなめらかや

寒を織る一ト筬ごとに柄合せ

こんな夜は氷柱が生る星明り
大白鳥水の器に啼き交す

筬音の二拍子春の遠からじ
あめつちの陰翳翔ける大白鳥

春風

リイノスキンダー〈りいのの子たち〉より

大庭　夕

夕やけがからっぽのはざ照らしてる　（小四）
まつりの日バチをにぎって出番待つ
初日の出今年はゆめの中で見た
秋空にスカッと打ったホームラン　（小六）
キャッチボールじいじが汗を流してる

大庭　空

なつまつりはりきっているいとこたち　（小二）
マラソンのゴールにさくら咲いていた　（小五）
みそ汁にじいじの植えた初大根
グローブをみがいて眠る夏の夜　（中二）
夕焼けのグランドおれの好きな場所

谷渡　蓮

しゅくだいを早くすませてゆきあそび　（小二）

春の風一生けんめいふいてくる　（小五）

シュートしてごくんと汗をのみこんだ　（小六）

青い空いっぱいはいた白い息

風呂あがり麦茶がのどを突き抜ける　（中一）

谷渡　澪

さむいなあほんとのふゆがやってきた（小一）

赤ちゃんの帽子まっしろ手ぶくろも（小四）

七人のいとこがそろったお正月

シャボン玉私の未来うつしてる（小六）

夕暮れがはやくなったと母が言う（中一）

リイノスキンダー賞　谷渡　澪

チューリップゆれているときお気に入り
つばめさんおしゃべりしながらやってきた
子ねこにもまっ白な歯がはえている
ばあちゃんがわらってくれるお年玉
おじいちゃんと昼ねのゆめをはんぶんこ

（平成二十四年）

谷渡　聖

かぜひいて小さくなったぼくのかお　（小三）

あたたかいとこやのいすにねむくなる

つな引きを汗の力でがんばった　（小四）

戦争の話をきいた登校日　（小五）

ぼく達の門出を祝ぅ春の風　（小六）

中山　千夏

おばあちゃんに教えてもらった毛糸あみ　（小四）
キラキラの一番星に手が届く

あとがき

二十代の頃、特に俳句に興味があったわけではないが、俳句に触れる機会はたくさんあった。昭和四十年代、金沢に下宿していた。大家さんは和服の似合う明治生まれの「風」同人であり、自宅でよく句会を開いていた。開けっ放しの部屋から、女の人たちの明るい声が二階まで筒抜けで、ときどき私も末席につらなることがあった。

ことさらに意識することもなく、自然な流れで俳句へとつながり、「風」に入会したのは昭和五十三年のこと。当初は親しい句友もいなかったが、子どもたちが成長するにつれ、句会や大会にも出られるようになり、改めて俳句全般に興味を抱き、生活の中にいつしか俳句がすっぽり入り込んでいた。

「風」主宰澤木欣一、細見綾子両氏との貴重な出会いは〈能登〉という地から始まり、それ以来、篤いご好意をもって接していただいた。

平成十年、「風」のなかに、昭和二十年以降生まれの連衆が集う「大風小風」グループが生まれた。檜山哲彦氏を中心に、同世代の仲間が交流する兼題通信句会や年に一度の吟行旅行は、刺激があって充実していた。それを引きついだ通信句会「犀」でもまた生き生きとした交流が続いた。

振り返れば、印象に残る場面が数多くあり、寄り集った個性派は誰ひとりとして忘れられず、懐かしい。俳句によって、全国各地のたくさんの句友と知り合えた喜びや愉しさは、何ものにも代えがたい。心底からのそんな歓びこそが、今日まで俳句を続けてきた理由だと思う。

「風」の終刊後に起ちあがった「万象」には、それまで馴染み親しんだ人たちが大勢いたので迷わず参加。現在は江見悦子主宰の元にある。

結婚後、夫と始めた山間の田での〈米作り〉は、二人の体力に合わせながら昭和の農法で現在も続けており、すべてが俳句の材料になっている。〈機織り〉もまた生活の中にあり、あくまでも趣味の域だが、春夏秋冬で扱い方が微妙に異なる手織機に親しみながら、口を衝いて生まれる句や、苦労の末に仕上がる句など、さまざまである。田作りも機織りも句作りも自分の性に合っていると実感している。

平成十七年、小さなきっかけから、町を挙げての〈俳句大会〉が開催されることになった。最初は驚いたが、大会運営にかかわりながら、県内外のたくさんの句友に協力してもらい、遠隔地からの参加には、嬉しさと感謝の気持でいっぱいになった。この催しを機縁として、地元の小学校から俳句指導の依頼があり、特に六年生には〈卒業俳句〉と題する作品をみんなに作ってもらいながら、コロナ前まで十年近く子どもたちに触れ合ってきた。

平成二十一年に創刊された「りいの」には、「リイノスキンダー〔りいのの子たち〕」という小中学生の俳句コーナーがあった。孫たちが興味を持ち、自分の考えた俳句が活字になり、誌面に載ることに感喜していた。未来の思い出の種となることを願って、当時の句を「春風」の章に載せ、友禅作家で親友の志田弘子さんに挿画をお願いした。

これまでの人生を振り返ると、俳句と出会い、大勢の人たちと結ばれた

〈縁〉は宝物だと思わずにいられない。ひとつひとつの思い出を纏めるつもりで、句集を作ろうと思い立ったとき、「風」や「大風小風」の仲間とは今も繋がりがあることから、ぜひ「風」の字を入れたいと思い、『微風』という題名に思いいたった。俳句と人とのあいだ、人と人とのあいだに通う、かすかではあるが、たしかで懐かしい風、という気持である。

俳号の「粋」は、六十年間一緒に暮らした母の名前で、どこかで母と繋がっていたいという思いから、「りいの」創刊時から使用している。

句集を纏めるにあたっては、良き理解者である檜山哲彦「りいの」主宰に、早い段階から相談にのっていただき、丁寧な選句と身に余る序文を賜り、心より感謝いたします。

句集の出版に際しては、朔出版の鈴木忍さまに当初の打合せから完成にいたるまで心を注いでいただき、深くお礼申し上げます。

令和五年　早春

谷渡　粋

著者略歴

谷渡　粋（たにわたり　すい）　本名　末枝（まつえ）

昭和23年　3月2日　石川県生れ
昭和53年　「風」入会
平成 4 年　「風」同人
平成14年　「風」終刊　「万象」創刊同人
平成21年　「りいの」創刊同人
俳人協会会員

現住所　〒929-2126　石川県七尾市大津町ナ-70

句集　微風　びふう

2023年3月2日　初版発行

著　者　　谷渡　粋

発行者　　鈴木　忍

発行所　　株式会社 朔《さく》出版
〒173-0021　東京都板橋区弥生町49-12-501
電話　03-5926-4386　　振替　00140-0-673315
https://saku-pub.com　E-mail　info@saku-pub.com

アートディレクション　奥村靫正／TSTJ
デザイン　山田開生／TSTJ
挿　画　志田弘子
印刷製本　中央精版印刷株式会社

ISBN978-4-908978-90-6　C0092　￥2500E